MICHEL BRÛLÉ

C.P. 60149, succ. Saint-Denis,
Montréal (Québec) H2J 4E1
Téléphone : 514 680-8905
Télécopieur : 514 680-8906
www.michelbrule.com

Illustrations : Mathieu Giguère
Maquette de la couverture et mise en pages : Jimmy Gagné, Studio C1C4
Révision : François Mireault, Jacinthe Boivin-Moffet
Correction : Aimée Verret

Distribution : Prologue
1650, boul. Lionel-Bertrand
Boisbriand, Québec J7H 1N7
Téléphone : 450 434-0306/1 800 363-2864
Télécopieur : 450 434-2627/1 800 361-8088

Distribution en Europe : D.N.M. (Distribution du Nouveau Monde)
30, rue Gay-Lussac
F75005 Paris, France
Téléphone : 01 43 54 50 24
Télécopieur : 01 43 54 39 15
www.librairieduquebec.fr

Les éditions Michel Brûlé bénéficient du soutien financier de la SODEC, du Programme de crédits d'impôt du gouvernement du Québec et sont inscrites au Programme de subvention globale du Conseil des Arts du Canada. Nous reconnaissons l'aide financière du gouvernement du Canada par l'entremise du Programme d'aide au développement de l'industrie de l'édition (PADIÉ) pour nos activités d'édition.

Société
de développement
des entreprises
culturelles
Québec

Piquette
le chat boiteux

André Richard

Les personnages

Piquette

Pierre
et Paul

Claire

Mémé Claveau

Préface

LE CONTEUR — Je sais, je sais. Je suis l'inventeur des malheurs de Piquette.

C'est moi, l'auteur de sa vie de misère dans cette fameuse ruelle Mathieu du quartier d'Hochelaga. Jusqu'à preuve du contraire, je plaide coupable. En bon joueur, je lui donne cependant le droit de se défendre, de me dire, à l'occasion, sa façon de penser. Je dis bien à l'occasion, et le plus gentiment possible. Tout le monde a le droit de se révolter, de se prendre en main et d'espérer des jours meilleurs. Même un chat.

Pauvre petit de lui… ou de moi! L'avenir le dira.

LE CONTEUR — Piquette est à bout de souffle. Il n'a même plus la force de miauler. Comme tous les autres jours, depuis son premier dans la ruelle Mathieu, dite la Terrible, il erre en boitant, la tristounetterie collée à l'œil, cherchant un petit coin où personne ne viendra le déranger. Il donnerait tous les poils de son corps pour avoir la paix, la sainte paix mais hélas ! il ne croit pas que la paix soit de ce monde. Aussi ne cesse-t-il de se marmonner seconde après seconde :

PIQUETTE — Une vie de chat, de nos jours, c'est une vraie vie de chien. Si je pouvais, je japperais tellement j'ai le goût de mordre… mon destin.

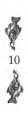

LE CONTEUR — Et il a raison. Tenez, aujourd'hui, par exemple, et comme tous les autres jours depuis sa naissance, il a fouillé dans au moins une vingtaine de poubelles pour tenter de se nourrir. Et tout ce remue-ménage de poubelles pour arriver à lécher le quart du cinquième d'une arête de poisson creuse, vide et sans goût.

PIQUETTE — Une vie de chat, de nos jours, c'est une vraie vie de chien.

LE CONTEUR — Comme il a dû peiner, suer, *finfinauder*[1], jouer à la cachette, à la cachette sérieuse, se méfier des jappeux à quatre

---

1. Les mots et expressions en italique sont définis dans le glossaire.

pattes et surtout se déguiser en courant d'air pour ne pas tomber entre les mains des enfants de la ruelle Mathieu !

PIQUETTE — Une vie de chat, de nos jours, c'est une vraie vie de chien. Vous savez ce que j'ai vu, ce que j'ai vu et entendu dans cette fameuse ruelle Mathieu ? Vous savez ce que j'ai vu de mes propres yeux, vu, et entendu de mes propres oreilles, entendu, dans cette ruelle Mathieu ? Vous savez ce que l'on a trafiqué contre moi dans cette mauvaise ruelle Mathieu ? Rien qu'à y penser, j'en ai la chair de poule. Comme je suis rendu bien bas ! Moi, un chat, avoir la chair de poule !

LE CONTEUR — De grosses larmes coulent le long de ses joues. De grosses larmes piquantes qui vont se noyer dans sa barbichette. Un gros frisson s'amuse à courir entre ses membres, comme si c'était le temps de jouer, lorsqu'on est dans un état pareil. Piquette est triste, triste et désemparé. Comme dirait mon ami de Charlevoix, il *est complètement débiscaillé*. Il est comme un gros sanglot long et sans raison qui peut à peine ouvrir la bouche. Écoutez bien, je vous raconte son histoire.

C'était un samedi, aux alentours de huit heures du matin. Oui, c'est bien cela, les enfants ne vont pas à l'école les samedis. Piquette s'apprêtait à sortir de sa cachette, une vieille boîte de carton abandonnée et toute moisie, pour tenter de se trouver un peu de nourriture. Il allait se pointer le nez dehors, lorsqu'il entendit une conversation qui lui fit blêmir les oreilles de peur.

PIQUETTE — C'est vrai, j'aurais voulu me déguiser en souris. Quelle déchéance! Quelle misère! Quelle…! Moi, me déguiser en souris! Une vie de chat, de nos jours, c'est une vraie vie de chien.

LE CONTEUR — Ils étaient deux. Pierre et Paul. Deux petits gars immenses, à l'œil malicieux, prêts à pousser Piquette dans un abîme de misère. Des vrais *kiouks*, toujours selon mon ami de Charlevoix. Et vous savez ce qu'ils disaient, quelle était leur belle conversation? Jugez par vous-mêmes:

12

PAUL — Tu lui tiens les pattes. Je lui ouvre la bouche et on lui fait avaler mon poison. Sens.

PIERRE — Pouah! Si on réussit, il n'est pas mieux que mort. As-tu une idée d'où il peut se trouver?

PAUL — Il traîne toujours dans les endroits les plus sales de la ruelle.

PIERRE — C'est salissant, ces endroits-là. Ma mère…

PAUL — Ça va être facile, tu vas voir.

PIERRE — De quoi il a l'air ?

PAUL — D'une coqueluche-malade.

PIERRE — Ça ressemble à quoi, une coqueluche-malade ?

PAUL — Ben… il a deux yeux…

PIERRE — (rires)

PAUL — Pourquoi tu ris ?

PIERRE — Ça m'aide pas beaucoup.

PAUL — Arrête, tu m'énerves ! Laisse-moi finir ma phrase. Il a deux yeux vert bouteille, mais vert bouteille vide. Sa patte arrière gauche ne veut pas suivre les autres.

PIERRE — Pourquoi ?

PAUL — Est-ce que je sais, moi ?

PIERRE — Il boite.

PAUL — C'est clair, non ? Son poil était blanc.

PIERRE — Était?

PAUL — Arrête, tu m'é…

PIERRE — Fâche-toi pas, j'ai compris. Il a le blanc délavé par la poussière de la ruelle.

PAUL — C'est ça. Samedi dernier, j'ai vu une fille qui tentait de s'approcher de lui. On aurait dit qu'elle voulait l'aider.

PIERRE — Une vraie fille, quoi! C'était qui, la fille?

PAUL — Ta sœur. La coqueluche-malade avait la peur aux pattes et la fille…

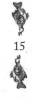

15

PIERRE — Ma sœur!

PAUL — … lui criait de ne pas se sauver. Plus elle criait, plus…

PIERRE — Elle est fatigante, ma sœur, même quand elle veut aider.

PAUL — Arrête, tu m'énerves!

PIERRE — Paul! Je suis toujours ton ami?

PAUL — Pierre, tu es toujours mon ami, mais tu n'arrêtes pas de… Je me souviens, ta sœur l'appelait Piquette.

PIERRE — Avec un nom comme ça, je suis sûr qu'il est orphelin.

PAUL — Arrête…

PIERRE — Je t'énerve, je sais.

PAUL — On passe à l'action.

PIERRE — C'est toi le patron.

16

PAUL — La coqueluche-malade va avoir la coqueluche pas mieux que morte.

PIERRE ET PAUL — À nous deux, Piquette !

LE CONTEUR — Piquette était plus mort que vivant dans sa boîte de carton-maison. Si jamais il avait désiré se déguiser en courant d'air, c'était bien à l'instant présent. À deux poils de barbichette de lui, deux *zigotos* de la pire espèce lui préparaient le plus vilain des tours. J'aime autant ne pas trop élaborer sur le contenu de cette fameuse bouteille que nos deux *chafouins* voulaient lui faire boire. Je vous dirai seulement qu'il était d'un vert-jaune graisseux et répugnant. Il était à cent lieues d'un verre de jus d'orange tendre et invitant. Piquette n'osait pas bouger, remuer la moindre petite griffe. Il retenait son souffle, suppliant le saint patron des chats, s'il y en avait un et qu'il était le moindrement compréhensif, de lui venir en aide.

PIQUETTE — Que va-t-il m'arriver, saint Chateaubriand?

LE CONTEUR — C'est le patron des chats, je pense. Notre héros à trois pattes et demie était prêt à tout, résigné à mourir. Faut dire qu'il ne croyait pas beaucoup en l'aide de son patron, le fameux monsieur au château brillant. Dans sa vie de chat, il serait plus juste de dire de chien, il n'y avait pas beaucoup de place pour le rêve, pour l'espoir.

17

Chose curieuse, au moment où il courait un si terrible danger, où il était à deux poils de tomber dans les griffes de deux dignes représentants de la ruelle Mathieu, Pierre et Paul, sa tête se mit à bourdonner de plus en plus fortement et il se retrouva en plein *delirium tremens*. Je veux dire que son corps se mit à *danser la bastringue*. Il devint complètement maboul. Son esprit s'envola — était-ce encore possible? — au pays des horreurs. Sa tête devint comme un immense tambour qu'un géant faisait tambouriner à l'aide de deux énormes branches de saule pleureur. Aussi Piquette perdit-il contact avec la réalité. Comme par magie, son esprit quitta sa misérable petite boîte de carton-maison de la ruelle Mathieu à deux griffes de ses ennemis. De grosses sueurs

froides s'amusaient à engourdir son corps, l'empêchant de bouger, de voir autour de lui. Il ne savait plus ce qui lui arrivait. Le géant battait du tambour de plus en plus fortement… de plus en plus fortement… de plus en plus…

PIQUETTE — Oh! ma tête! Saint Chateaubriand, je vous en supplie, arrêtez ce vacarme!

LE CONTEUR — Peut-être le fameux monsieur au château brillant l'entendit-il cette fois-ci, car le géant s'éloigna petit à petit, emmenant avec lui ses deux énormes branches de saule pleureur. Puis surgit une musique de sanglots longs de violons d'automne à faire pleurer un mois de janvier.

19

PIQUETTE — Comme c'est curieux!… Quelle drôle de musique triste!… Comme elle est chagrine…

LE CONTEUR — En moins de deux, la fameuse musique à sanglots entraîna Piquette dans un lieu de mélancolie larmoyante. Il était tellement bizarroïde, ce lieu, qu'il m'est difficile de le décrire. Je puis cependant vous assurer que c'était davantage une destination cauchemar qu'une destination vacances. Était-ce une ville? Il me semble que c'est impossible. Si oui, elle était sûrement perdue au milieu d'un astéroïde, lui-même égaré dans la nuit des temps. À ma connaissance, on n'avait jamais vu autant d'énormes rangées de champignons fumants dans une ville. On les appelle des craterelles, dites trompettes-de-la-mort. Au pied de chacune des craterelles, il y avait des centaines de trous, des trous-entonnoirs, des trous obscurs comme des cachettes, oui, c'est cela, des trous-cachettes. Il fallait avoir un immense désir de se cacher pour oser y pénétrer. Soudain, la musique se tut. Il y eut un grand silence. Surgirent alors des trous-entonnoirs d'étranges bibittes qui se regroupèrent en une longue et lente procession. On aurait dit un enterrement. Quels drôles de lutins ! Ils avaient des chaînes aux pieds et marchaient forcément en traînant de la patte. Une des bibittes, un lutin — quoi, c'est incroyable, il ressemblait comme deux gouttes d'eau à Piquette ! —, se mit alors à chanter. Je vous le jure, je ne suis pas menteur :

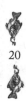

20

Je suis un pauvre chat,
Pauvre chat de gouttière.
Mon Dieu qu'j'ai d'la misère.
Qui va me sortir de là ?
Je suis un pauvre chat,
Qu'est-ce que j'fais sur la Terre ?
Faites vite qu'on m'enterre,
Si c'est toujours comme ça.
Je suis un pauvre chat,
Pauvre chat de gouttière.
Mon Dieu qu'j'ai d'la misère.
Qui va me sortir de là ?

Le lutin Piquette se tut, laissant toute la place à la musique. On aurait dit une mélodie de notes monotones et affligées.

La procession de bibittes malfaisantes poursuivait toujours sa marche mais elle semblait, comme dirait mon ami de Charlevoix, égarouillée. Perdue, quoi! Un lourd silence se fit entendre, pesant mais bref. Les craterelles, nos champignons fumants, se mirent alors à se dandiner de tous bords tous côtés. Un immense frisson les secoua, un frisson-tremblement de terre qui engouffra la procession de nos fameuses bibittes au grand complet. De gros rires persifleurs sortirent des trous-entonnoirs. L'air était comme une grosse plainte de violoncelle, de violoncelle sournois et balourd. La ville perdue au milieu d'un astéroïde pétait de colère. Mon ami de Charlevoix, sans doute plus poli que moi, aurait suggéré, lui, qu'elle *avait une bourrée de carottes*. On aurait dit qu'elle voulait se débarrasser de je ne sais quoi, partir, s'envoler, s'éplucher, changer de galaxie. Sans trop savoir ni comment ni pourquoi, les énormes champignons se transformèrent et devinrent d'immenses hangars, de gros garages, des arrière-cours sales, de grosses poubelles vides et crasseuses, une ruelle Mathieu géante, perverse, malfamée et maléfique. Finalement, tout se déchira et s'envola Dieu sait où. Il ne resta plus rien, sauf un petit chat dans son petit coin, un petit chat blanc, sale avec une tache noire au cou. Il grelottait de peur. Il mit au moins 30 secondes avant de réaliser ce qui venait de se passer, un autre 30 secondes pour chasser de son esprit le malicieux rêve qui l'avait complètement *turlupiné*. Enfin, à la 61e seconde, le danger qu'il courait lui sauta à la figure.

Piquette était revenu à la mauvaise réalité de la mauvaise ruelle Mathieu, celle dont le pain quotidien est une arête de poisson creuse et vide, et surtout, pour le moment, celle de deux sacripants, Pierre et Paul, et de leur fameuse mauvaise bouteille contenant le fameux mauvais poison. Nos deux joueurs de tours ignoraient toujours que leur victime préférée était tout près d'eux. Aussi, leur petite conversation terminée, bouteille à la main, ils se mirent à fouiller les poubelles des environs, décidés à lui faire passer le pire des quarts d'heure existant sur cette Terre. Notre héros affamé les voyait bien faire. Aussi se gardait-il de bouger, de faire le moindre mouvement. Seul un petit morceau de respiration sortait à peine de ses narines, un filet d'air minuscule mais nécessaire à la vie. Il priait son saint patron en silence, espérant que les deux fouines, des fouineux quoi! tentent de le trouver un peu plus loin dans la ruelle, le plus loin possible de sa cache et que, de guerre lasse, ils s'inventent un autre jeu, une autre façon de passer leur journée de congé et surtout, uniquement entre eux.

PIQUETTE — Non! mais c'est vrai! Il doit bien y avoir d'autres façons d'occuper sa journée de congé, ailleurs que sur le dos des autres. C'est curieux comme à l'école maintenant on ne donne plus beaucoup de devoirs à faire à la maison. C'est vrai, ne serait-ce que pour la paix des chats, ces messieurs et dames de l'éducatif devraient se forcer la *cocologie* et enseigner d'autres chats à fouetter!

LE CONTEUR — Il était très sérieux en pensant à cela. Pierre et Paul fouillaient toujours dans les poubelles. Plus ils fouillaient, plus ils s'éloignaient de Piquette. Ce dernier décida alors — c'était risqué mais la faim, elle aussi, a des raisons que la raison ne connaît pas — de s'esquiver et sauter la clôture. Il serait plus juste de dire : tenter de grimper et, de là, regagner l'autre côté de la ruelle Mathieu.

PIQUETTE — Oui, oui, voilà ce que je dois faire, je serai plus en sécurité. Et, qui sait, peut-être y trouverai-je un petit quelque chose d'un petit peu appétissant pour apaiser ma faim le plus possible ? La vie ne peut être toujours qu'une grosse larme !

LE CONTEUR — Pauvre Piquette ! Quel naïf ! Quel rêveur ! Faut dire qu'il n'avait même plus l'estomac dans les talons, il marchait dessus, le piétinait même. Tout occupé à surveiller nos deux malcommodes et tiraillé par son bourreau de faim, il décida de mettre son projet en branle. Il sortit sa tête de sa boîte de carton… une patte… deux pattes… toujours rien… trois pattes, la quatrième suivit forcément, la paresseuse. Rien ne se produisait, pas de catastrophe. Hésitant, vous l'avez sans doute deviné, il fit encore quelques pas… s'arrêta… regarda autour de lui… lentement, le museau en alerte, se gardant bien de faire le moindre bruit. Il arriva finalement à pas craintifs, à pas chair de poule, au pied de sa clôture-providence. C'est alors qu'il entendit des voix malheureusement très familières :

PIERRE — Tu le vois?

PAUL — Non.

PIERRE — Si on retournait à notre première poubelle, il me semble…

PAUL — Non, non, il faut continuer à chercher par ici. J'ai mon plan.

PIERRE — Le comprends-tu?

PAUL — Arrête, tu…

24

PIERRE — Je sais.

LE CONTEUR — Des clous géants clouaient Piquette au sol. Un clou pour chaque patte. Même la boiteuse y eut droit. Les poils de son corps étaient comme une grande balade de piquants de porc-épic.

PIQUETTE — Saint Chateaubriand, êtes-vous là? Réveillez-vous. S'il fallait qu'ils…

LE CONTEUR — De longues secondes éternelles passèrent et rien ne se produisit.

PIQUETTE — Ouf!

LE CONTEUR — Piquette pensa un instant retourner dans sa boîte de carton-maison, mais il se ravisa. Il était quand même courageux. Faut dire aussi que sa faim, qui grandissait à vue d'œil, aidait beaucoup sa témérité. Je peux vous affirmer sans mentir qu'avec les jours, elle était devenue plus grande que lui. C'est quand même triste d'avoir la faim plus grande que soi. Il toisa la clôture et, en deux grands bonds et quatre enjambées ou presque, se retrouva de l'autre côté de cette dernière.

PAUL — Eh! Pierrot, regarde là-bas près de la clôture! Est-ce que tu vois ce que je vois?

PIERRE — C'est lui.

PAUL — On y va.

PIERRE — C'est toi le patron.

PIERRE ET PAUL — À nous deux, Piquette!

LE CONTEUR — Ils se mirent à courir en direction du fameux paquet d'os en agitant leur non moins fameuse bouteille de poison. Piquette, les voyant venir vers lui, ne fit ni une ni deux, surtout pas trois, et s'enfuit s'enfouir sous le hangar le plus proche, celui d'une certaine Mémé Claveau.

PIQUETTE — Que va-t-il m'arriver encore ? Ça ne finira donc jamais ? Toujours se cacher, fuir, ce n'est pas une vie, ça ! Il devrait y avoir un syndicat des chats traqués. Comme ça, j'aurais, au moins, trois semaines de vacances. C'est un peu moins que les gens de l'éducatif, mais ce serait quand même un début. Saint Château, syndiquez-moi. On dirait que vous ne me comprenez pas, que vous n'aimez pas ma façon de parler. À moins que vous ne préfériez… que je vous cause ?

LE CONTEUR — Piquette se prit alors à penser que son fameux monsieur au château brillant était un Français de France et qu'il était possible qu'il ne comprenne pas son langage québécois :

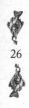

26

PIQUETTE — Il ne peut pas y avoir d'autres raisons.

LE CONTEUR — Aussi décida-t-il sur-le-champ de supplier son saint patron en français de France :

PIQUETTE — Alors quoi, saint Château ? Ça va pas, non ? Moi, je suis là à quémander ton aide et toi, c'est motus et bouche cousue, le néant, le néant noir, le néant bête, quoi ! Tu en as que dalle que j'aie la dalle. J'en ai marre de ronger mon frein. Grouille-toi le… enfin, tu me comprends, car moi, je commence à en avoir ras le bol. On dirait que tu es en vacances à *Saint-Glin-Glin des Meus-Meus* tandis que je *croque le marmot*. J'ai faim, moi, nom d'une pipe !

LE CONTEUR — Ne me demandez surtout pas comment il se fait que Piquette puisse tenir un langage si hexagonal, lui qui n'a jamais connu un banc d'école et qui n'a jamais quitté la ruelle Mathieu. Il y a des choses dans la vie qui sont raisonnablement inexplicables. Heureusement. À peine sa prière franchouillarde terminée, Pierre et Paul arrivèrent près du hangar où Piquette s'était terré.

PIERRE — Ouf! C'est fatigant, de courir comme ça.

PAUL — Viens pas me dire que tu es fatigué. Tu cours comme une tortue!

PIERRE — Que veux-tu dire?

PAUL — C'est clair, non? Pense au monsieur dont la maîtresse nous a parlé cette semaine. Attends… comment il s'appelle…

PIERRE — Monsieur de La Fontaine.

PAUL — C'est ça.

PIERRE — Je cours peut-être comme une tortue mais moi, je n'ai pas l'air d'une tomate molle.

PAUL — Toi, si tu n'arrêtes pas…

PIERRE — Bon bon! Bon bon!

PAUL — Bon bon, bon bon, toi-même! J'aime pas ça, me faire traiter de tomate molle.

PIERRE — Pis moi, j'aime pas ça, me faire traiter de tortue. Même si c'est monsieur de La Fontaine…

PAUL — Écoute, Pierrot. C'est bête de s'engueuler. Pendant ce temps-là, on oublie la coqueluche-malade.

PIERRE — Tu as raison. On est deux nonos.

PAUL — On fait la…

PIERRE — La quoi?

PAUL — Regarde, il est là.

PIERRE — Où ça?

PAUL — Là, sous le hangar. On y va.

PIERRE — C'est toi le patron.

PIERRE ET PAUL — À nous deux, Piquette!

LE CONTEUR — Nos deux malcommodes s'engagèrent sous le hangar. Ai-je besoin de vous dire qu'ils rampaient péniblement? Ils avançaient à tâtons car, c'est bien connu, le soleil a horreur des dessous de hangars et je dois vous avouer que je partage ses goûts.

PIERRE — C'est difficile. On ne voit rien et c'est très sale.

PAUL — Ne lâche pas. Il faut continuer.

PIERRE — Pouah! Tabarouette de torpinouche!

PAUL — Qu'est-ce qu'il y a?

PIERRE — Ayoye, ayoye, ayoye!

PAUL — C'est quoi, ton problème?

PIERRE — Viens m'aider, vite!

PAUL — J'y touche presque.

PIERRE — Laisse faire le chat, viens m'aider... J'ai le fond de culotte pris dans la broche sale.

PAUL — Attends, je ne veux pas le manquer.

PIERRE — Laisse faire Piquette, pense à ton serment et viens m'aider tout de suite.

PAUL — Attends !

PIERRE — Ayoye, ayoye, ayoye !

PAUL — Bon, OK, j'arrive.

PIERRE — Si j'ai déchiré mon pantalon, je vais me faire chicaner. Maman m'a dit de rester propre. Aide-moi. Enlève la broche lentement.

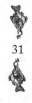

PAUL — Oui, mais pour ça, il faudrait que tu arrêtes de bouger.

PIERRE — Fais attention de ne pas déchirer mon linge.

PAUL — Bon, ça y est.

PIERRE — Il me semble avoir entendu mon fond de culotte se lamenter.

PAUL — Tu es sûr que c'est lui qui se lamente ?

PIERRE — Des fois, toi…

PAUL — Il y a juste un petit trou.

PIERRE — Je vais me faire chicaner.

PAUL — Ça ne paraît presque pas.

PIERRE — Surtout dans le noir. Laisse faire. Lui, Piquette ! Quand je vais l'attraper, il va me payer ça. Il ne perd rien pour attendre. Je m'en vais lui faire avaler la bouteille au grand complet.

LE CONTEUR — Piquette n'en pouvait plus. Il distinguait beaucoup mieux les choses sous le hangar que Pierre et Paul. C'est connu, les chats voient plus facilement dans le noir que tous les malfaisants du monde. C'est, sans doute, ce qui lui permit d'apercevoir une brèche dans le plancher du hangar. N'ayant plus rien à perdre, il décida de s'y engouffrer. Il sentit la main de Paul effleurer sa patte invalide, mais arriva sain et sauf de l'autre côté du trou-brèche. Un faible rayon de soleil poussiéreux éclairait un immense escalier, tout autant poussiéreux.

PAUL — Il m'a glissé entre les mains. Je l'avais presque. Si tu n'avais pas tant chialé, il serait en train de boire notre poison.

PIERRE — C'est la broche, la vraie coupable.

PAUL — S'il n'y avait pas eu ta maudite broche, *finfinaud* comme tu es, tu aurais trouvé autre chose. Avec toi, on ne peut jamais rien réussir. C'est ta faute s'il nous a échappé!

PIERRE — C'est ça, c'est ma faute. Je commence à croire que l'amitié avec toi, ça dure le temps des roses.

PAUL — Bon! Qu'est-ce que les roses...

PIERRE — Ça veut dire qu'elle ne dure pas longtemps, l'amitié. Ça peut arriver à n'importe qui de s'accrocher dans une broche. Ça aurait pu t'arriver à toi, mais moi, je ne t'aurais pas engueulé.

PAUL — Je l'avais presque. Il m'a glissé des mains comme une aiguille.

PIERRE — On dit une anguille.

PAUL — Tu es sûr?

PIERRE — As-tu déjà essayé de faire glisser une aiguille dans tes mains?

PAUL — Non.

PIERRE — Ça paraît.

PAUL — Comment on va faire maintenant ? Il s'est sauvé par le petit trou de rien. On ne pourra jamais passer par là.

PIERRE — Faut essayer d'entrer à l'intérieur du hangar.

PAUL — Tu as raison. On est certains qu'il est là, maintenant.

PIERRE — Et moi, il faut que je sorte de cet endroit puant en faisant attention à mes culottes.

LE CONTEUR — Pendant que Pierre et Paul regagnaient péniblement la ruelle Mathieu, Piquette, lui, avait commencé à escalader les marches du grand escalier poussiéreux pour atteindre finalement un petit palier tout aussi poussiéreux. Une porte, poussiéreuse il va sans dire, était entrouverte. Il décida de s'y engager et arriva dans un débarras genre grenier. Le moins que l'on puisse vous dire, c'est que ce n'était pas le grenier de l'avenir. L'atmosphère qui y régnait donnait plutôt dans l'autrefois. On pouvait y voir de vieux pneus d'hiver abandonnés, un établi plein de copeaux de bois rongés par la vie ou, si vous préférez, par la crotte de rat, une vieille malle à vous faire dresser les cheveux sur la tête, un matelas qui avait pris sa retraite depuis longtemps sur lequel on ne voudrait surtout pas faire une sieste, un tricycle à qui il manquait une roue, un tricycle-bicyclette, quoi ! Enfin, je pourrais continuer encore longtemps à vous énumérer le contenu de cette espèce de marché aux puces mais, pour couper court à la liste de toutes ces vieilleries, je vous dirai que le débarras où Piquette se trouvait *avait l'allure broche à foin*. Voilà pourquoi, après plusieurs atchoums, il continua son chemin et arriva sur le balcon du premier étage d'une maison. Sans le savoir — comment en aurait-il pu être autrement ? — et surtout sans avoir été invité, Piquette se trouva chez Mémé Claveau.

PIERRE — Regarde.

PAUL — C'est lui. Il est sur le balcon du deuxième étage.

PIERRE — Comment on va faire pour l'attraper ?

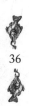

PAUL — J'ai mon plan. Il faut le faire sauter en bas du balcon ou…

PIERRE — Ça, c'est fort. Tu as trouvé cela tout seul ?

PAUL — Laisse-moi finir ! Ou grimper jusqu'au balcon.

PIERRE — C'est le balcon de…

PAUL — Mémé Claveau.

PIERRE — Je ne monte pas sur le balcon de Mémé Claveau.

PAUL — Comment ça, tu ne montes pas sur le balcon de Mémé Claveau ?

PIERRE — C'est clair, net et précis : je ne monte pas sur le balcon de Mémé Claveau.

PAUL — Pourquoi ?

PIERRE — C'est personnel… une histoire de famille.

PAUL — Je ne comprends pas. Est-ce que tu pourrais…

PIERRE — Ça me regarde.

PAUL — Et *c'est parti mon kiki*. Comment veux-tu qu'on attrape ce chat qui est sur le balcon de Mémé Claveau ?

PIERRE — Ne t'en fais pas. Il va bien redescendre un jour.

PAUL — Et s'il redescend dans deux jours ? On va avoir l'air fin, on va être à l'école.

PIERRE — Si Mémé Claveau l'aperçoit, je te jure qu'on n'attendra pas longtemps.

PAUL — Coudonc! Qu'est-ce qu'elle t'a fait, Mémé Claveau?

PIERRE — Elle s'est chicanée avec ma mère.

PAUL — Pis après?

PIERRE — Elles ne se parlent plus.

PAUL — C'est fort, ça, comme explication.

PIERRE — Tout ce que je peux te dire, c'est que leurs soirées de bingo sont terminées.

PAUL — Ça change quoi pour nous?

LE CONTEUR — Et bla-bla-bla, et bla-bla-bla, et bla-bla-bla. Je pense pour le moment qu'il serait préférable de laisser nos deux sacripants à leur dialogue de sourds et aller jeter un coup d'œil du côté de notre héros. Le moins que l'on puisse dire, c'est qu'il était sur le qui-vive, pris entre deux feux. D'un côté, Pierre et Paul dans la ruelle, et de l'autre, Mémé Claveau qui pouvait se pointer le nez à tout moment sur son balcon. Que pouvait-il faire? Rien, si ce n'était d'attendre et d'espérer un miracle. Quel naïf! Son saint patron, le fameux monsieur au château brillant de France, ignorait sûrement la définition du mot « miracle ».

38

Piquette — Peut-être que les gens sont sourds dans son pays.

Le conteur — J'étais presque d'accord avec lui. Faut dire que lorsqu'on passe son temps à parler, il n'en reste plus beaucoup pour écouter. Enfin! Ça, c'est une autre histoire. Dans la ruelle, Paul commençait à s'impatienter en brandissant la fameuse bouteille; il décida de passer à l'action. Il se mit alors à crier très fortement pour ne pas dire à hurler:

Paul — Mémé Claveau! Mémé Claveau! Mémé Claveau!

Pierre — Tabarouette de torpinouche, tais-toi!

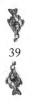

Paul — Il faut faire quelque chose. On n'est pas pour niaiser là à attendre. C'est toi qui as dit que si Mémé Claveau l'aperçoit sur son balcon… Mémé Claveau! Mémé Claveau! Mémé Claveau!

Pierre — Arrête de crier!

Paul — Mémé Claveau! Crie avec moi. Le chat va avoir peur. Il va sauter en bas et nous tomber dans les bras.

Pierre — Non. Tu es un vrai *sac à chicane*, toi. Si tu continues à crier, je m'en vais.

Paul — Pis tu veux que je sois ton ami pour la vie?

PIERRE — Un ami, ça respecte les goûts de son ami.

PAUL — Alors, respecte les miens et crie avec moi : Mémé Claveau !

PIERRE — Tabarouette de torpinouche de tabarouette. Tu comprends rien, toi !

PAUL — Arrête !

PIERRE — On dirait que tu as la tête comme… au fait, je pense que tu n'en as pas.

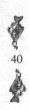

PAUL — Arrête !

PIERRE — Non, je n'arrêterai pas. Je t'ai dit que ma mère ne voulait pas que je lui parle, à Mémé Claveau. Je ne veux pas me faire chicaner en rentrant à la maison. Tu ne la connais pas, ma mère. Elle m'aime mais elle a le balai facile. J'ai assez de la déchirure sur mes culottes !

PAUL — Mémé Claveau !

PIERRE — J'ai une idée !

LE CONTEUR — Pour une des rares fois dans sa vie, l'ombre d'un sourire s'installa du bout des pieds dans l'œil gauche de Piquette. Il se mit à rêver que les chamailleries de nos deux hurluberlus ne s'arrêtent jamais.

PIQUETTE — Allez-y, chicanez-vous! Continuez. Engueulez-vous. Au moins, pendant ce temps-là, je respire un peu.

PIERRE — Paul, tu es mon ami. Écoute bien l'idée qui vient de me sortir de la caboche. Tu m'aides et je vais grimper jusqu'au balcon de Mémé Claveau. Mais n'oublie pas : dans le plus grand des silences. C'est important pour moi.

PAUL — Tu vas te casser la gueule.

PIERRE — Je t'ai déjà dit que j'étais le roi des grimpeurs. Je tiens ça de mon père. Il travaille pour Hydro-Québec. Dans la famille, les poteaux, on connaît ça !

PAUL — Il n'habite même plus chez vous, ton père.

PIERRE — Il m'a toujours dit que l'amour n'avait pas d'adresse.

PAUL — Papa a toujours raison !

PIERRE — Tu m'aides, je m'occupe du reste. N'oublie pas : tout cela se fait dans le plus grand des silences.

PAUL — (il crie) À nous deux, Piquette !

PIERRE — Chut !

LE CONTEUR — Du haut de son balcon, enfin celui de Mémé Claveau, Piquette observait nos deux cornichons se préparer à grimper au poteau de sa douteuse forteresse. Le moins que l'on puisse dire, c'est qu'il *branlait dans le manche*. Il grelottait de peur.

PIQUETTE — Saint Château... où êtes-vous ?

PIERRE — (il chuchote) Je te l'ai dit, je suis le roi des grimpeurs. Lâche pas ! Pousse... pousse encore un peu !

PAUL — Je suis pas un cheval !

PIERRE — Un cheval, ça pousse pas, ça tire !

PAUL — C'est pas le temps de *faire de la capine*.

PIERRE — Chut ! Mon pied gauche va se donner un élan sur ton épaule droite... Tiens-toi plus raide, je suis presque arrivé.

PAUL — Monte sur ma tête.

PIERRE — C'est vrai. J'avais oublié que tu en avais une.

PAUL — Tu es très mal placé pour rire de moi.

PIERRE — Excuse-moi. Encore un petit effort, Paul, je l'ai presque.

PAUL — Dépêche-toi. Je commence à avoir mal à la tête que je n'ai pas.

PIERRE — Oui! Mon beau chat chat. Dans quelques secondes, tu vas avoir une belle bouteille juste pour toi.

LE CONTEUR — La situation *se boulonnait*. Monsieur le comte du Bel-Élan Verbal l'aurait traitée de *cornélienne*. Le bout des doigts de Pierre était à un brin de foin des barreaux du balcon. Plus ce dernier s'approchait de son but, plus Piquette reculait. Il recula tant et si bien, et de plus en plus vite, qu'il heurta, par en arrière il va sans dire, une dizaine de bouteilles de bière vides qui se mirent à valser joyeusement et bruyamment sur le balcon de Mémé Claveau. Devant ce brouhaha de bouteilles affolées, Piquette resta cloué sur place. Pierre, lui, perdit pied et tomba dans les bras de Paul qui alla s'étaler de tout son long sur le plancher des vaches.

PIERRE ET PAUL — Ayoye, ayoye, ayoye!

PAUL — Qu'est-ce qui est arrivé ? On dirait qu'un ouragan vient de passer !

PIERRE — C'est les maudites bouteilles ! Il y en avait une armée sur le balcon.

PAUL — Je ne sais pas pourquoi le monde boit tant !

PIERRE — Il doit avoir des choses à se faire pardonner. Ayoye ! J'espère que j'ai rien de cassé !

PAUL — Arrête tes ayoyes, pis enlève-toi de sur moi !

PIERRE — Je veux bien, mais je me sens comme de la compote de pommes.

PAUL — Laisse faire la compote. Grouille-toi.

PIERRE — Aide-moi.

PAUL — Je ne suis pas capable. On dirait que j'ai un aspirateur électrique qui m'attire vers le bas.

PIERRE — Un gros ?

PAUL — Enlève-toi de là.

PIERRE — Attends. J'y arrive presque… ça y est!

PAUL — Donne-moi la main, maintenant. Moi aussi, j'aimerais ça, être debout!

PIERRE — Ouf! Ça y est.

PAUL — On a l'air fin, tous les deux. Piquette doit rire de nous.

PIERRE — C'est pas ma faute. Je l'avais presque. C'est les tabarouette de bouteilles… J'avais peur que Mémé Claveau sorte sur son balcon, c'est tout.

PAUL — Comme roi des grimpeurs, on a déjà vu mieux! J'espère que ton père…

PIERRE — Laisse mon père tranquille. Au moins, on n'a rien de cassé.

LE CONTEUR — Pierre s'arrêta soudain de parler. Il se retenait la bouche à quatre mains — est-ce possible? — pour ne pas partir à rire. Il venait de découvrir à quoi ressemblait le fameux aspirateur de Paul.

PIERRE — Paul! As-tu vu en arrière?… Regarde… Ce n'est pas ma faute, hein!

PAUL — Où ça, en arrière ? Je ne vois rien !

PIERRE — Non, non… pas en arrière là-bas, en arrière ici.

PAUL — Je te dis que je ne vois rien !

PIERRE — Retourne pas tout ton corps. Retourne juste ta tête et regarde vers le bas très très près de toi.

PAUL — Ah ben ! Saint Édredon de tomate molle ! Je suis tout collé. C'est pour ça que j'avais de la misère à me relever ! Je suis tombé…

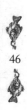

PIERRE — Dans un restant de gallon de peinture.

PAUL — Qu'est-ce que je vais faire ? Arrête de rire, c'est pas drôle pantoute ! Je vais me faire engueuler par mon père !

PIERRE — C'est vrai, il demeure avec ta mère, lui.

PAUL — Qu'est-ce que tu veux dire ?

PIERRE — C'est beau, par exemple. On dirait un arc-en-ciel.

PAUL — Toi, je ne te parle plus !

PIERRE — Je le savais, que tu avais l'amitié fragile.

LE CONTEUR — Leur millième prise de bec fut arrêtée par une voix qui venait d'en haut. Dérangée par tout ce tintamarre, Mémé Claveau était sortie sur son balcon. Elle se mit à engueuler vertement Pierre. Je vois des plis sur votre front qui me demandent pourquoi uniquement Pierre. Eh bien, parce que Paul, en entendant les grognements de Mémé Claveau, s'était précipité derrière une grosse poubelle pleine… de rien d'appétissant ! Je vois encore des plis vous savez où, qui me disent que normalement, c'est Pierre qui aurait dû se cacher. Je vous l'ai déjà dit, il y a des choses dans la vie qui sont raisonnablement inexplicables et j'ajoute encore une fois : heureusement. Dans sa hâte, Mémé Claveau avait laissé la porte de sa maison entrouverte, et Piquette en avait profité pour se glisser à toute vapeur à l'intérieur de la maison. Il avait même osé lui passer entre les jambes.

MÉMÉ CLAVEAU — C'est toi, ça, Pierre Lafrousse, qui fais tout ce vacarme-là ? Tu peux pas laisser le monde vivre en paix ?

PIERRE — C'est un peu moi, mais…

MÉMÉ CLAVEAU — Il n'y a pas de mais. Est-ce que je vais te déranger chez vous, moi ? Est-ce que je t'empêche de vivre tranquillement dans ta maison ? Réponds.

47

PIERRE — La dernière fois que vous êtes venue à la maison, vous vous êtes chicanée avec ma mère. Pendant ce temps-là, moi, j'étais incapable de faire mes devoirs.

MÉMÉ CLAVEAU — Comment ça, tu étais incapable de faire tes devoirs ?

PIERRE — Ben... vous n'arrêtiez pas de parler et puis... vous avez une voix qui porte. Comme dit ma mère, on ne sait pas trop si vous faites la différence entre parler et crier. Ça fait que moi, j'étais incapable de me concentrer pour faire mes devoirs.

MÉMÉ CLAVEAU — Petit effronté ! Si tu penses que tu vas venir m'insulter chez moi !

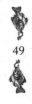

PIERRE — Je ne veux pas vous insulter.

MÉMÉ CLAVEAU — Petit effronté pareil !

PIERRE — Vous m'avez posé une question, moi, je vous ai répondu.

MÉMÉ CLAVEAU — Tu es bien comme ta mère. C'est connu sur la rue que les Lafrousse ne savent pas vivre. Allez, déguerpis, va jouer plus loin !

PIERRE — Ce n'est pas uniquement ma faute. Je ne suis pas seul. Paul Aucoin est avec moi.

MÉMÉ CLAVEAU — Attends un peu, toi. Tu ne perds rien pour attendre. Ah ! tu veux jouer au *finfinaud…*

LE CONTEUR — Le nez au grand complet bouché de moutarde piquante et colérique, Mémé Claveau entra chez elle, et j'ajouterai ce petit détail, sans fermer la porte de son balcon. Je puis vous assurer qu'elle entrait pour mieux sortir. Paul, lui, avait forcément tout entendu de l'engueulade mais il avait surtout retenu les dernières paroles traîtresses de Pierre. Aussi, une fois Mémé Claveau rentrée chez elle, il sortit de sa cachette avec, lui aussi, son lot de moutarde piquante et colérique au nez. Il se dirigea tout de go vers Pierre.

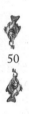

50

PIERRE — Tu n'es pas fâché, hein, Paul ?… Elle n'est pas fine, Mémé Claveau. Tu vas voir, on va le rattraper, Piquette !

PAUL — Tais-toi ! Pourquoi tu as fait ça ?

PIERRE — Fait quoi ?

PAUL — Pourquoi tu as dit à Mémé Claveau que j'étais avec toi ?

PIERRE — Ben… on forme une équipe, non ? Et puis, je ne suis pas menteur.

PAUL — Stop !

PIERRE — Des amis, c'est pour la vie. Ils sont toujours ensemble pour le meilleur et pour le pire. Tu connais les trois mousquetaires : tous pour un…

PAUL — Pourquoi tu lui as dit, à Mémé Claveau ? Elle ne l'avait pas demandé.

PIERRE — Je ne savais plus quoi dire. De toute façon, je n'étais pas seul à avoir fait du bruit. Toi aussi, tu étais là.

PAUL — Je sais ce qu'il me reste à faire.

LE CONTEUR — Paul était à deux cheveux de donner une bonne raclée à celui qui était maintenant devenu son ex-ami. Ce dernier, qui *se débattait comme un diable dans l'eau bénite*, fut sauvé par la cloche… une bien drôle de cloche. En effet, Mémé Claveau, de retour sur son balcon, leur balança un seau d'eau sur la tête. Nos deux lavettes s'enfuirent, oubliant sur-le-champ leur chicane et Piquette qui, souvenons-nous, logeait, pour l'instant, à l'intérieur de la maison de Mémé Claveau. À vrai dire, il ne s'y sentait pas plus en sécurité que dans sa ruelle Mathieu. Il était tourneboulé, inquiet, quoi! Il n'avait pas l'impression d'être en visite chez la fée de la bonté humaine. Il s'était tapi sous un divan complètement décati… je veux dire qu'il s'était caché sous un divan complètement déglingué. Un très très vieux divan, quoi! On aurait dit le frère jumeau de Mémé Claveau.

PIQUETTE — Je suis encore dans le pétrin, moi. Si Mémé Claveau m'aperçoit, je ne suis pas mieux que mort. Je vous le dis : une vie de chat, de nos jours, c'est une vraie vie de chien.

LE CONTEUR — C'est alors qu'une douce odeur voluptueuse vint lui caresser délicieusement le museau.

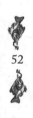

52

PIQUETTE — Oh! que ça sent bon… que ça sent bon! Je dois sûrement *avoir la berlue*. Il me semble que ça fait 2 000 ans que je n'ai pas senti quelque chose d'aussi… bon! Quel parfum! Quel arôme! Quel bouquet! Quel fumet! Qu'est-ce qui m'arrive? Saint Château, on dirait que vous m'enlevez les mots de la bouche. Je veux dire que vous me faites dire des mots que je n'aurais jamais pensé dire. Merci! Petite odeur… ma belle petite odeur d'amour, prends-moi dans tes bras et conduis-moi près de toi!

LE CONTEUR — Et vous savez quelle était la source de tant d'agitation, celle qui faisait délirer Piquette de bonheur? Sur le comptoir de la cuisine de Mémé Claveau, entre le sel, le poivre, l'huile d'olive, l'ail et le persil, gisait sur un papier d'aluminium rutilant une petite truite dorée mouchetée. Piquette tomba amoureux d'elle. Comme quoi l'amour est rarement désintéressé! Il lui était impossible de résister au désir d'aller caresser sa nouvelle conquête. Elle avait des rondeurs à vous faire saliver de plaisir et surtout à rassasier son estomac, qu'il avait dans les talons. Quoi faire? Comment saisir sa nouvelle passion? Comment assouvir sa gourmandise bien légitime? Quel dilemme! Il était partagé entre son amoureuse de truite qu'il voulait tenir entre ses pattes et Mémé Claveau, cette empêcheuse de tourner en rond, qui lui ferait sûrement un mauvais parti si elle le découvrait dans sa maison. Que choisir entre la beauté d'un bonheur risqué et la laideur d'un malheur certain? Comme dirait mon ami de Charlevoix, ça *bardassait dans le ciboulot*. Sa tête ne faisait pas la sieste.

PIQUETTE — C'est la plus belle truite du monde! Saint Chateaubriand l'a mise sur ma route. Je suis sûr qu'elle m'attend. Elle va pleurer si je ne vais pas la rejoindre. C'est impossible que je la trompe en n'allant pas à son rendez-vous. Mais il ne faut pas que l'amour m'aveugle, me fasse oublier la vieille Mémé Claveau. Allez prendre de l'air, ça va vous faire du bien! Je ne sais pas, moi, allez à l'épicerie ou… chez monsieur le curé! Vous devez sûrement avoir des choses à vous faire pardonner. Il paraît que le confessionnal, pour les gens de votre âge, soulage. Allez où vous voulez mais sortez de votre maison. Si elle m'attrape, celle-là, je suis certain qu'elle va me faire des misères! Tout le monde me fait tout le temps des misères. Elle va me *prendre par le chignon du cou*

et me mettre à la porte. Et qu'est-ce qu'il y a de pas très loin de la porte ?... J'ai faim... Il y a mes deux ennemis mortels avec leur fameuse bouteille pleine du fameux liquide pire que du poison... Non, non et non, il ne faut pas que je bouge... J'ai faim... je reste ici et je me fais tout petit... J'ai faim... Tais-toi, ma faim ! Adieu, mon amour !

LE CONTEUR — Devant un tel coup de foudre, monsieur le comte du Bel-Élan Verbal, le fameux Chateaubriand, quoi ! aurait sûrement regardé Piquette dans les yeux, posé sa main sur son épaule et, empruntant les paroles d'un certain Corneille, lui aurait dit : « Piquette, as-tu du cœur ? » À mon avis, la vraie question était : « Piquette, as-tu faim ? » Mais moi, je ne suis pas comte, je suis votre raconteur d'histoires... La caboche plongée dans son dilemme *cornélien*, Piquette décida finalement de prendre son courage à deux pattes et de passer à l'action. Il avait faim et sa promise était délicieusement alléchante de gloutonnerie. De toute façon, il ne pouvait plus être, jamais plus, plus malheureux qu'il l'avait été et qu'il l'était encore en ce moment. L'occasion était belle, unique, il n'allait pas la rater.

PIQUETTE — Ma petite faim, enfin ! Petite... je ne suis pas ingrat. Je vais te contenter, te rassasier. Tous les deux, on se connaît depuis trop longtemps et comme j'ai l'occasion de te faire plaisir, je ne veux pas te décevoir. Mais promets-moi que si je réussis dans mon entreprise, tu me dis adieu, tu me quittes pour toujours. Tu fais ta vie et je fais la mienne, chacun de son côté. J'y vais. Glou glou glou, mioum mioum. Gloutonnerie, vroum vroum!

LE CONTEUR — J'imagine que ces dernières paroles devaient être une espèce de cri de ralliement extrême et personnel. C'était la première fois, un peu comme vous, j'imagine, que j'entendais une telle... le mot m'échappe. Piquette se pointa doucement la tête à l'extérieur de son repaire. Il fit un pas... deux pas... trois pas... *et cetera*. Si je devais écrire une chanson sur son état d'âme, elle aurait pour titre «La ballade claque-dent du chat traqué». Il se rendit ainsi jusqu'à l'entrée de la cuisine où se trouvait l'objet de son désir: la petite truite dorée mouchetée. Il regarda attentivement autour de lui. Tout lui semblait calme. Son courage et sa volonté grossirent à vue d'œil. Une lueur d'espoir se dandinait dans ses yeux. Soudain, un drôle de son envahit la cuisine. La petite lueur d'espoir prit la poudre d'escampette et les oreilles de Piquette se transformèrent en radar. On aurait dit un grognement saccadé, entremêlé de bulles d'air brumeuses et de soubresauts inquiets. Le tout accompagné de bredouillages insensés, incompréhensibles. Piquette entendait une telle cacophonie pour la première fois de sa vie. Elle aurait dû l'inquiéter mais il se mit à sourire. Il venait d'apercevoir Mémé Claveau qui *cognait des clous* dans la chaise berçante de sa cuisine. Elle s'était envolée au pays des ronflements.

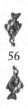

PIQUETTE — Faites de beaux rêves, Mémé Claveau. Ronflez aussi longtemps que vous voulez. Je vous promets de ne pas vous déranger. Je sens que mon cri de tout à l'heure va me porter bonheur. Glou glou glou, mioum mioum. Gloutonnerie, vroum vroum !

LE CONTEUR — Il était maintenant arrivé près du comptoir de la cuisine. Il se sentait comme un fin gourmet à la porte d'un restaurant cinq étoiles. Il s'approchait doucement, tout doucement. Tel un athlète aux Jeux olympiques, il se préparait à faire son triple saut périlleux avec salto arrière. Vous et moi savons quelle était sa médaille d'or tant convoitée ! Il retenait son souffle. Un… deux… trois… *go* ! Vite comme l'éclair et ramassant tout ce qui lui restait de force, il saisit d'une patte amoureuse la petite truite et s'enfuit avec elle vers l'extérieur. Mémé Claveau, qui ronflait toujours dans sa chaise berçante, n'avait pas — le hasard fait parfois bien les choses — fermé complètement la porte de la cuisine. Je puis vous assurer que, pour une fois, sa traîneuse de patte n'avait pas eu le choix de suivre les autres. Il se réfugia sur l'établi du hangar de Mémé Claveau. Il n'y avait pas l'atmosphère d'un grand restaurant mais, au moins, l'endroit était sécuritaire. Comme il était heureux d'avoir dans les pattes… excusez-moi, de tenir dans ses pattes, sa petite truite dorée mouchetée ! Pierre, Paul, Mémé Claveau étaient à cent lieues de lui. Je ne sais pas si vous connaissez un certain Gargantua ? On dit de lui qu'il était un géant de grand appétit. Laissez-moi vous dire qu'à côté de Piquette, il aurait eu l'air d'un nain à la petite fringale. Ciel qu'il se pourléchait les babines ! Notre héros salivait de bonheur. Il avait l'heureuseté délirante. Écoutez-le :

Piquette — Fini les arêtes de poisson creuses et vides ! Ma belle petite chérie d'amour à moi tout seul, comme tu as l'air en santé, dodue, appétissante ! Enfin ! On est ensemble pour la vie. Tu es à moi et dans quelques petites secondes tu seras en moi, dans ma bedaine. Je t'aime. Viens !… Quoi ! Comment ? Qu'est-ce qui se passe ?… Qui me parle ?… Taisez-vous… J'ai dit non ! Il ne faut pas mélanger l'appétit et les sentiments. Saint Château !… J'ai la *berlue* !

Le conteur — Aussi curieux que cela puisse paraître, on aurait dit que la petite truite dorée mouchetée n'était pas très contente de se faire avaler et qu'elle le faisait savoir à son prédateur. Je vous l'ai déjà dit : dans la vie, il y a des choses qui sont raisonnablement inexplicables. Heureusement.

58

Claire — Pourquoi ?

Piquette — Qui me parle ?

Claire — Pourquoi moi ?

Piquette — Je rêve !

Claire — Et pas une autre ?

Piquette — Saint Château… c'est vous qui me causez ?

CLAIRE — Non, c'est moi. Celle que vous tenez entre vos méchantes pattes.

PIQUETTE — Ça ne se peut pas. Je deviens fou. Vous ne pouvez pas me parler, vous êtes morte!

LE CONTEUR — Comme dirait mon ami de Charlevoix, Piquette *dépeletonnait*. Il était en plein délire. Imaginez: une truite, si belle soit elle, qui, il y a à peine quelques secondes, gisait sur un comptoir de cuisine, lui parlait et il lui répondait. Était-ce sa conscience qui lui jouait un mauvais tour en voulant l'empêcher d'assouvir sa faim ou sa fatigue qui divaguait?

59

PIQUETTE — Une morte ne peut pas parler.

CLAIRE — Est-ce que vous m'entendez?

PIQUETTE — Non, j'ai faim!

CLAIRE — Répondez!

PIQUETTE — J'ai faim!

CLAIRE — Allez, ne mentez pas.

PIQUETTE — Oui, mais j'ai faim!

CLAIRE — Alors...

PIQUETTE — Alors, j'ai faim. Et puis, une truite, ça vit dans l'eau, pas sur un comptoir de cuisine !

CLAIRE — Et les chats vivent où, eux ?

PIQUETTE — À l'air libre.

CLAIRE — Et vous ?

PIQUETTE — Dans la ruelle Mathieu.

60

CLAIRE — Et vous appelez ça vivre... à l'air libre ?

PIQUETTE — Ben...

CLAIRE — Répondez.

PIQUETTE — Je ne réponds pas aux morts.

CLAIRE — Vous êtes de mauvaise foi. On dirait une cruche remplie de trous. Écoutez, je suis morte mais je ne suis pas morte. Je suis morte mais encore en vie. Je suis là devant vous et je vous parle, donc j'existe. Je suis une morte pas morte. Si j'étais une morte morte, est-ce que je pourrais vous parler ?

En désespoir de cause, Piquette tenta sa formule magique pour faire taire cette voix qui n'en était pas une :

PIQUETTE — Glou glou glou, mioum mioum. Gloutonnerie, vroum vroum !

CLAIRE — Rien à faire, répondez.

PIQUETTE — Ça ne se peut pas. Je suis en train de devenir complètement *craquepotte*. Laissez-moi revenir sur terre. J'ai besoin de réfléchir… Taisez-vous. J'ai devant moi une morte pas morte, une morte vivante qui est morte mais qui vit, une vivante morte qui vit sa mort. Elle me parle. Moi, si j'étais mort, je ne pourrais pas lui parler. Enfin, j'imagine. Mais pour dire la vérité, je ne peux pas être certain puisque je n'ai jamais été mort. Elle, la morte, me parle et moi, le vivant, je lui réponds. Saint Chateaubriand, comprenez-vous quelque chose dans tout ça, vous ? J'espère que c'est moins compliqué en France que dans la ruelle Mathieu !

61

LE CONTEUR — Pauvre Piquette, il n'était pas le premier à ne rien comprendre ni le dernier, j'en suis certain. En l'écoutant, je ne pouvais m'empêcher de penser à un autre de mes vieux amis d'Angleterre qui est décédé, malheureusement. Il s'appelait William Shakespeare et était né dans une petite ville dont le nom est toujours Stratford-upon-Avon. Il a écrit cette phrase : « *To be or not to be, that is the question.* » Attendez, je vais vous la traduire : « Être ou ne pas être, voilà la question. » Je crois que son porte-parole était un certain monsieur Hamlet. Je suis certain que Piquette serait d'accord avec lui.

PIQUETTE — Je vais me boucher les oreilles et l'avaler tout rond.

CLAIRE — Je ne vous ai rien fait, moi. Vous êtes un mauvais chat.

PIQUETTE — Je ne suis pas un mauvais, je suis un chat qui crève de faim !

CLAIRE — Une bibitte à poil à quatre pattes, ou presque, sale et malicieuse !

PIQUETTE — Comment se fait-il que je l'entends encore ? Ne troublez pas mon repas.

CLAIRE — Un gros minet poussiéreux et gourmand !

PIQUETTE — Bouchez-vous, mes oreilles !

CLAIRE — Qui veut manger une toute petite truite morte mais qui tient encore à la vie ?

PIQUETTE — On ne peut pas être morte et tenir à la vie.

CLAIRE — Elle est belle, la ruelle Mathieu !

PIQUETTE — Taisez-vous et mêlez-vous de vos affaires !

CLAIRE — Le moins que l'on puisse dire, c'est que ça me regarde, non ? Jusqu'à nouvel ordre, ma vie est à moi !

Piquette tenta à nouveau sa formule magique :

PIQUETTE — Glou glou glou, mioum mioum. Gloutonnerie, vroum vroum !

Rien à faire.

CLAIRE — Allez-y, mangez-moi. Osez pour voir !

LE CONTEUR — Même son cri de ralliement, le fameux glou glou machin, tombait comme une lettre morte, étant sans issue. Piquette se trouvait dans un cul-de-sac. Comme dirait mon ami de Charlevoix, il était en train de *se faire emmichouenner*. Les propos de mademoiselle la truite gelaient tous ses efforts, glaçaient tous ses désirs. Il ne savait plus quoi faire, où donner de la tête. Il était troublé, paralysé. Voilà pourquoi je vous dis qu'il était dans un vrai cul-de-sac. Il avait la lanterne éteinte, il tournait en rond dans son cul-de-sac personnel.

PIQUETTE — Comment vous appelez-vous ?

CLAIRE — Claire. Et vous ?

PIQUETTE — Piquette.

CLAIRE — Bonjour, monsieur le méchant gourmand.

PIQUETTE — Mademoiselle Claire, je ne suis pas méchant, je crève de faim.

CLAIRE — Ce n'est pas une raison pour me manger.

PIQUETTE — Quand on est affamé et que l'on trouve de la nourriture…

CLAIRE — Ah ! bon. C'est moi, votre plat du jour ?

PIQUETTE — Je meurs…

CLAIRE — De faim, je sais. C'est pour cela que vous avez décidé de m'avaler tout rond.

PIQUETTE — Je ne pouvais m'imaginer, moi, que…

CLAIRE — Est-ce que l'on peut se tutoyer ?

PIQUETTE — Si vous voulez… si tu veux.

CLAIRE — Ta vie est un gros chariot de misère, non?

PIQUETTE — Dans mon cas, le chariot a plutôt des allures de paquebot! Tiens, juste avant notre rencontre, il y avait deux voyous dans la ruelle qui voulaient me faire boire une bouteille de poison. Ils doivent être encore là à m'attendre. Tout ce que j'arrive à manger, et avec beaucoup de chance, crois-moi, c'est l'ombre d'une… pardon! des restants de poubelle. La ruelle Mathieu, c'est pire qu'une prison!

CLAIRE — Calme-toi. Pour moi aussi, les jours ne sont pas tellement roses. J'en ai connu des meilleurs. Tu vois, toi, tu manques d'air…

PIQUETTE — Je dirais de nourriture.

CLAIRE — Tu as raison. Et moi, je manque d'eau. N'empêche qu'on est là tous les deux et qu'on se parle.

LE CONTEUR — Je commence à penser, je ne sais pas si vous êtes de mon avis, que le hangar de Mémé Claveau se transformait petit à petit en terrain d'entente. Il embellissait. Quelque chose me dit que la faim de Piquette était sur le point de changer de plat principal, de direction. Elle muait, semblait prendre une

autre forme de gourmandise. Il y avait de la détente dans l'air, un tantinet de curiosité salvatrice et bienfaisante.

CLAIRE — Piquette, est-ce que je peux te parler un peu de moi?

PIQUETTE — Il me semble que le moment est mal choisi pour...

CLAIRE — J'entends ton cœur qui me dit oui.

PIQUETTE — Et tu sais ce qu'elle me dit, ma raison?... Je t'écoute.

CLAIRE — Tu es gentil.

PIQUETTE — C'est toi qui le dis.

CLAIRE — Laisse-moi te raconter. Je vivais joyeuse avec ma famille dans un tout petit lac au nord de la grande ville. L'eau y était douce et fraîche. On l'avait baptisé le lac Joyeux et il portait bien son nom, car au lac Joyeux les jours s'écoulaient dans la plus grande joie. Le lit du lac était comme une grande table parfumée où se trouvaient les meilleurs plats du monde. Les herbages y étaient veloutés, savoureux, les colimaçons, dodus et la terre, riche et nourrissante.

PIQUETTE — Claire, tu joues avec le feu... tu tentes le diable un peu trop.

CLAIRE — Est-ce que je peux continuer?

PIQUETTE — On dirait que je n'ai pas le choix.

CLAIRE — Je me sentais comme une reine. Tout le monde vivait en paix. Le train-train quotidien était rempli de joyeuseté.

PIQUETTE — C'est quoi, ça, la… joyeuseté?

CLAIRE — C'est une expression du lac qui veut dire bonheur. Chacun avait son petit lopin d'eau, se gardant bien de manquer de respect au petit lopin d'eau du voisin. C'était la joyeuseté parfaite… Tu comprends, Piquette?

PIQUETTE — J'essaie mais j'ai de la misère. Ça ne peut pas exister, un endroit comme ça. Le lac Joyeux, c'est un rêve. Il existe dans la tête. Le seul endroit réel que je connaisse, c'est la ruelle Mathieu. Et je peux t'assurer que la joyeuseté, comme tu dis, ne court pas les ruelles.

CLAIRE — Le lac Joyeux est aussi vrai que ta ruelle Mathieu. Si tu mets ma parole en doute, il ne vaut même plus la peine que je continue à te raconter ma vie.

PIQUETTE — Excuse-moi. J'ai l'impression d'être au cinéma, de rêver en couleurs. Ça me fait du bien. J'ai faim, par exemple. Saint Château que j'aimerais ça, remplir ma dent creuse!

CLAIRE — Chut! Chat sadique à idée fixe. Si tu veux que je poursuive, laisse-moi de la place pour parler.

PIQUETTE — De la place! De la place!... Bon, je me tais. Emmène-moi au cinéma.

CLAIRE — Le dimanche matin, on partait, toute la famille, pique-niquer au bout du lac, sur le terrain de madame Barbotte, une vieille fille très sympathique qui nous recevait à bras ouverts. Comme il était beau, son terrain de pique-nique! Il y avait plein de roches polies, pleines de couleurs.

PIQUETTE — Ça ne se peut pas que des roches soient polies.

CLAIRE — Tu es vraiment le dernier des chats. Quand je te dis que les roches étaient polies, je veux dire qu'elles étaient lisses, accueillantes. Nous passions tout notre avant-midi à courir entre elles, à glisser, à jouer à la cachette, à nous raconter des histoires et à nous remplir le bedon. Souvent, madame Barbotte venait nous voir et nous apportait des friandises qu'elle avait ramassées pour nous durant la semaine dans son petit potager derrière sa maison. Elle nous offrait toutes ses belles sucreries juteuses avec de gros becs sur les deux joues. «Je vous aime comme mes enfants», nous disait-elle. Après, elle continuait sa tournée. Elle allait voir si les autres pique-niqueurs étaient contents et satisfaits. Et tout le monde était content et satisfait.

PIQUETTE — STOP! Claire, tu n'es peut-être pas menteuse mais pour te dire la vérité, j'ai l'impression que tu joues avec… la vérité, avec mes nerfs et avec, pour ne pas la nommer, celle que tu connais. J'ai la tête inondée de points d'interrogation. Je ne sais plus trop comment je me sens. J'ai l'impression d'être dans une salle de torture. Ton lac Joyeux et ta vieille fille de madame la Barbotte, ÇA-NE-SE-PEUT-PAS! J'ai la faim dans les talons qui veulent plonger dans ton lac. Toutes tes sucreries, tes friandises, tes grimaces… excuse-moi, tes limaces juteuses, ça n'existe pas.

CLAIRE — Gros-méchant-chat-mauvais de Piquette d'incrédule!

PIQUETTE — Comment, incrédule? Je ne suis pas incrédule.

CLAIRE — Incrédule.

PIQUETTE — Tu me donnes assez de défauts comme ça. C'est pas nécessaire d'en ajouter. Je ne suis pas incrédule.

CLAIRE — Oui, tu es incrédule.

PIQUETTE — Non!

CLAIRE — Oui!

PIQUETTE — D'abord, qu'est-ce que ça veut dire, incrédule?

CLAIRE — Tu dis que tu n'es pas incrédule et tu ne sais même pas ce que ça veut dire !

PIQUETTE — Je ne suis pas incrédule.

CLAIRE — Qu'est-ce que ça veut dire ?

PIQUETTE — Dis-le-moi.

CLAIRE — Incrédule, ça veut dire que tu ne crois pas ce que je te raconte et que tu me traites de menteuse.

PIQUETTE — Je ne te traite pas de menteuse… ce que je veux dire… c'est que pour moi, ton lac Joyeux est trop beau pour être vrai.

CLAIRE — Tu aurais aimé ça, vivre là.

PIQUETTE — … (silence)

CLAIRE — Dis la vérité.

PIQUETTE — C'est vrai. Il me fait rêver, ton lac Joyeux. Rien qu'à y penser, j'ai le goût de m'acheter un costume de bain.

CLAIRE — Tu vois qu'il existe, puisque tu veux y aller.

PIQUETTE — Je ne peux pas vivre dans l'eau, moi, même avec un costume de bain.

CLAIRE — Alors?.

PIQUETTE — Alors… un endroit où je ne peux pas vivre est un endroit qui n'existe pas.

LE CONTEUR — Il me semble que Piquette exagérait un peu. Sans faire un mauvais jeu de mots, j'ai l'impression qu'il nageait dans le *sophisme*. Je m'explique et je pense que vous serez d'accord avec moi. Ce n'est pas parce que l'on ne peut pas aller ou vivre dans un endroit que cet endroit n'existe pas. C'est comme dire que la planète Mars n'existe pas parce que nous n'y avons jamais mis les pieds. C'est ce que j'appelle le sophisme de Piquette. Une espèce de raisonnement un peu carabiné, douteux et racoleur. Bref, une façon de penser qui fait son affaire. Je veux bien que le lac Joyeux de mademoiselle Claire lui *turlupine* l'appétit, *tarabuste* sa rêverie, mais je puis vous assurer que le lac Joyeux existe.

72

PIQUETTE — Un endroit où je ne peux pas vivre est un endroit qui n'existe pas, point à la ligne. Je suis un chat guenillou, moi, une manière de chat itinérant qui doit mendier, se sauver, se cacher, se méfier de tout le monde. Ma seule amie, jour après jour, c'est ma faim. Elle est la seule qui me colle aux pattes. Comment voulez-vous que je puisse penser clairement dans un état pareil? Je ne suis pas un raconteur d'histoires, moi, j'essaie de vivre. Moi aussi, j'en connais, de beaux grands mots, mais les beaux grands mots, ça ne nourrit pas son chat. Ce n'est pas parce qu'on fait la ruelle qu'on est nécessairement nono. Ce n'est pas parce qu'on meurt de faim qu'on ne connaît rien. Moi, les *finfinauds* qui se prennent pour d'autres, qui s'imaginent que, parce qu'ils sont allés à l'école, ils savent tout, j'aime autant ne pas vous dire ce que j'en pense. L'école de la ruelle, ça existe aussi, même si vous n'y avez jamais mis les pieds. À bon entendeur, salut. OK, là ?

LE CONTEUR — Excusez-moi, mais je me sens un peu visé. On m'attaque. J'ai l'impression de me faire traiter de snob. C'est sûrement le désespoir qui…

73

PIQUETTE — Je ne suis pas désespéré, je suis affamé. J'espère que vous savez faire la différence, monsieur le faiseur de mots !

LE CONTEUR — Piquette, écoute-moi, je trouve…

PIQUETTE — Qui êtes-vous pour me tutoyer ?

LE CONTEUR — Un ami qui te… pardon, un ami qui vous veut du bien.

PIQUETTE — En connaissez-vous beaucoup, vous, des amis qui vous veulent du mal ? Au lieu de raconter ma vie à tout le monde, si vous êtes mon ami, vous pourriez m'apporter à manger !

Le conteur — Pour l'instant...

Piquette — Dans votre école, on ne vous a pas appris ça ?

Le conteur — Monsieur Piquette, la colère vous aveugle. Il ne faut pas désespérer, tout est encore possible.

Piquette — Comment ça, il ne faut pas désespérer ? C'est facile de faire la morale quand on a le réfrigérateur plein !

Le conteur — Claire est-elle gentille ?

Piquette — Mais oui, elle est gentille. Mais je ne lui demande pas d'être gentille, seulement de se laisser manger sans rien dire. C'est ça, la vraie gentillesse d'une truite à l'égard d'un chat. Ce n'est pas autre chose. Une truite, un chat, une assiette, un plat.

Le conteur — Comment ça, une truite, un chat, une assiette, un plat ?

Piquette — C'est clair, non ? Elle est en train d'embrouillaminer ma vie.

Le conteur — En train de quoi ?

PIQUETTE — Embrouillaminer. Pour moi, c'est encore plus mêlant qu'embrouiller. Ce n'est pas parce qu'on est mendiant qu'on est ignorant.

LE CONTEUR — Piquette, il faut que tu admettes une chose.

PIQUETTE — Allons-y pour le tu, mais attention à ce que tu veux que j'admette.

LE CONTEUR — Il faut que tu admettes que Claire, la petite truite dorée mouchetée, a le droit, elle aussi, de tenir à la vie. C'est son droit le plus strict.

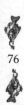

PIQUETTE — Tu *fais de la maboulogie.*

LE CONTEUR — De la quoi ?

PIQUETTE — Je veux dire que tu n'as pas *inventé le ketchup.* Claire est morte. Quand on est mort, il est trop tard pour tenir à la vie. Il fallait y penser avant.

LE CONTEUR — Si tu veux, mais…

PIQUETTE — Il n'y a pas de mais. Claire est morte. Dis oui.

LE CONTEUR — Oui, mais…

PIQUETTE — Qu'est-ce que je viens de te dire, il y a deux secondes ? Il n'y a pas de mais. Je ne veux plus entendre le mot « mais ». C'est clair ?

LE CONTEUR — C'est clair, quelle belle expression ! Tu as raison, c'est... réellement clair... excuse-moi.

PIQUETTE — Alors, est-ce que le Arsène Lupin des pauvres pourrait m'expliquer, encore une fois, comment on peut être mort et tenir à la vie ?

LE CONTEUR — Tu as raison. Un mort ne peut pas tenir à la vie. N'empêche que...

PIQUETTE — Qu'est-ce que je t'ai dit, il y a à peine le cinquième de la moitié d'un dixième de seconde, à propos du mot mais ?

LE CONTEUR — Je ne l'ai pas prononcé.

PIQUETTE — Ton « n'empêche que » est un mais déguisé. Je te le répète pour la dernière fois : tous les mais de la terre et leurs semblables n'existent pas. Ils sont partis, envolés, enterrés. Est-ce que quelqu'un a vu un mais ? Non. Pardon, monsieur, auriez-vous vu passer un mais par hasard ? Non. Merci. Excusez-moi, ma bonne dame, auriez-vous vu un mais dans les environs ? Ah ! bon, ça fait une éternité que vous n'en avez pas rencontré ? Pardon, mon petit garçon, ta maman aurait-elle un petit mais dans un de ses tiroirs ? Tu n'en as jamais vu ? Merci.

LE CONTEUR — Ne t'emporte pas, je m'avoue vaincu. Piquette, il y a quelque chose qui me chicote. Est-ce que je peux te parler encore quelques secondes ?… J'attends ta permission…

PIQUETTE — Qui ne dit mot consent.

LE CONTEUR — C'est bizarre comme tu en connais, des choses !

PIQUETTE — Je te l'ai dit tout à l'heure. Ce n'est pas parce que l'on est un chat itinérant qu'on ne peut pas être un chat savant.

LE CONTEUR — Dis-moi, chat savant, tu le connais, le lac Joyeux ?

PIQUETTE — Oui, je le connais.

LE CONTEUR — Tu n'y es jamais allé ?

PIQUETTE — Je n'y suis jamais allé.

LE CONTEUR — Moi, je ne t'en ai jamais parlé ?

PIQUETTE — Tu ne m'en as jamais parlé.

LE CONTEUR — Quelqu'un a dû t'en glisser un mot puisque tu le connais sans y être jamais allé.

PIQUETTE — Ça me paraît évident. Ouf! J'ai l'impression d'être au poste de police.

LE CONTEUR — Pourrais-je savoir son nom?

PIQUETTE — Vous avez le crayon à sec, monsieur le raconteur d'histoires? C'est clair que c'est mademoiselle Claire qui m'a parlé du lac Joyeux. Faut pas avoir *inventé les boutons à quatre trous* pour comprendre ça.

LE CONTEUR — Ah! bon.

PIQUETTE — Saint Château! Je te vois venir. Oui, d'accord, tu as raison, c'est mademoiselle Claire, mais…

LE CONTEUR — Quoi? Qu'est-ce que je viens d'entendre? Non! C'est pas possible. Mes oreilles me jouent des tours. Je ne peux pas avoir entendu un mais. Comment peut-on entendre un mot qui n'existe pas? Comme dirait quelqu'un que je connais bien, je dois *faire de la maboulogie*!

PIQUETTE — Bon! Bon! Ça suffit. Moi aussi, je peux me tromper!

LE CONTEUR — Donc, c'est Claire qui t'a parlé du lac Joyeux?

PIQUETTE — Est-ce que je suis obligé de te répondre?

LE CONTEUR — Non. Après tout, le lac Joyeux, je suis sûr que c'est une mare de bouette, un paquet d'eau sale. Le trou d'eau le plus crotté de la Terre.

PIQUETTE — Tu es fou! Il est merveilleux, le lac Joyeux! Il y a même un grand terrain de pique-nique, tenu par une dame Barbotte. Elle a fait venir des roches polies, lisses si tu préfères, d'un ruisseau qui habite près de la mer. Tout le monde mange à sa faim, au lac Joyeux. Il est plein de limaces velouteuses, d'herbages parfumés, de *ménés* dodus.

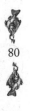

80

LE CONTEUR — C'est vrai que toi, tu y es allé souvent!

PIQUETTE — Mais non! Tête de linotte. Moi, tout ce que je connais, c'est la ruelle Mathieu.

LE CONTEUR — Alors?

PIQUETTE — Alors quoi?

LE CONTEUR — Comment peux-tu en parler avec autant d'amour?

PIQUETTE — C'est simple, c'est Claire qui me l'a dit.

LE CONTEUR — Elle ne peut pas te l'avoir dit puisqu'elle est morte.

PIQUETTE — Elle n'est pas morte puisqu'elle me l'a dit.

LE CONTEUR — Merci. Le Arsène Lupin des pauvres te remercie.

PIQUETTE — Saint Château, je viens de me faire avoir !

LE CONTEUR — Je pense qu'il est temps que je retourne à mon crayon.

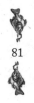

CLAIRE — Pst ! Pst ! ça va, Piquette ? Ça fait cinq minutes que tu marmonnes, que tu parles tout seul.

PIQUETTE — Je ne parlais pas seul. Je parlais…

CLAIRE — À qui ? Il n'y avait que toi et moi dans le hangar.

PIQUETTE — Je parlais au faiseur d'histoires.

CLAIRE — Au faiseur d'histoires ?

PIQUETTE — Je me comprends. Enfin, j'essaie. Est-ce qu'on peut oublier ça et passer à autre chose ? Je n'arrive plus à penser. Je suis fatigué. J'ai les nerfs en compote.

CLAIRE — Tu sais, Piquette, je pense que tu regardes trop en arrière et pas assez en avant.

PIQUETTE — C'est difficile de partir par-devant quand le derrière te colle aux pattes. Un jour, tous les chats comme moi, tous les chats de toutes les ruelles Mathieu du monde vont s'unir, se mettre ensemble et former le syndicat des chats de gouttière. Il serait temps qu'on arrête de se faire marcher sur la queue.

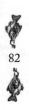

82

CLAIRE — J'aimerais ça qu'on fasse la paix, toi et moi. Juste une toute petite minute de rien du tout.

PIQUETTE — Je ne sais plus quoi dire. J'ai les idées mortes.

CLAIRE — S'il te plaît.

PIQUETTE — D'accord.

CLAIRE — Merci. Pourrais-tu…

PIQUETTE — Quoi encore ?

CLAIRE — Me déposer. Juste le temps de notre paix. Après, on verra.

PIQUETTE — Tu ne peux pas le passer entre mes dents, le temps de notre paix ?

CLAIRE — Je préférerais le passer sur le plancher des vaches. Mais tu peux rester près de moi.

PIQUETTE — Je ne m'en irai pas, c'est certain.

CLAIRE — Sois gentil.

PIQUETTE — Bon ! Bon !

CLAIRE — Attention ! Dépose-moi lentement. On dirait que j'ai un tour de reins. Ouf ! je me sens mieux ! Toi, Piquette, comment…

PIQUETTE — Pour le moment, ça va. Pour la prochaine minute, quoi !

CLAIRE — Il ne faut jurer de rien.

PIQUETTE — Alors, qu'est-ce qu'on fait avec notre minute de paix ?

CLAIRE — J'aimerais ça qu'on pense à nous. Tu sais, moi, je trouve que tu es quelqu'un de bien. Tu es un chat intelligent. J'aimerais ça que tu deviennes mon ami. Laisse-moi finir. Je sais que ça peut te paraître bizarre qu'un chat et une truite deviennent amis. Surtout une truite qui a eu une enfance heureuse avec des parents qui s'occupaient d'elle et un chat abandonné à sa naissance. Tous les matins, ils allaient me reconduire à l'école. Ils voulaient que je devienne savante, que je puisse me débrouiller plus tard dans la vie. Souvent, grand-maman me prenait dans ses bras. Elle me faisait de gros bisous en me disant : « J'ai confiance en toi, je t'aime. » Rien que de t'en parler, ça me fait tout drôle. C'est comme si je sentais de gros frissons de bonheur qui veulent me faire danser. Excuse-moi, j'ai le goût de pleurer… Je peux t'assurer que j'étais la truite la plus joyeuse du monde chez moi, dans mon lac. Puis, un jour, comme une vraie folle, j'ai mordu à l'hameçon d'une canne à pêche. Ma vie a basculé. Voilà pourquoi tu m'as rencontrée sur le comptoir de Mémé Claveau. Tandis que toi…

PIQUETTE — Tandis que moi, j'ai jamais vu mon père et j'ai entrevu ma mère le temps qu'elle se débarrasse de moi. Mes livres d'école, je les ai toujours trouvés tout ratatinés, au fond des poubelles, et mon pupitre d'écolier était un bric-à-brac d'occasion où j'étudiais à la sauvette. Voilà. Je ne veux pas recommencer à te raconter ma vie. Ça me fait trop mal. De toute façon, tu commences à la connaître.

CLAIRE — Arrête de tout voir en noir.

PIQUETTE — Je voudrais bien, moi, mais pour ça, faudrait que le soleil de la ruelle Mathieu arrête d'être une lampe de poche sans piles. Ça fait combien de temps de paix, maintenant ?

CLAIRE — … Un peu moins d'une minute.

PIQUETTE — Claire !

CLAIRE — Beaucoup plus qu'une minute. Je ne suis pas menteuse.

PIQUETTE — Saint Château !

CLAIRE — Bon ! Puisque c'est mon sort, je me résigne. Vas-y, mange-moi. Au moins, un de nous deux sera heureux.

PIQUETTE — Je crève de faim mais… je ne peux plus.

CLAIRE — Piquette… tu seras toujours mon seul… ami. Prends-moi dans tes pattes.

PIQUETTE — Toi aussi, Claire, tu es ma seule… amie. Tu es la première personne avec laquelle je peux parler, la seule qui m'ait jamais écouté, la seule qui ait réussi à me faire oublier par moment ma… Claire, tu me fais découvrir qu'il n'y a pas seulement ma maudite faim dans la vie. Merci !

CLAIRE — C'est bien beau, tout ça, mais ça ne fait pas vivre son chat.

PIQUETTE — Ni sa truite.

CLAIRE — Piquette, toi et moi, on est dans un grand trou noir.

PIQUETTE — Et pour le moment, notre grand trou noir s'appelle le hangar de Mémé Claveau qui donne sur la ruelle Mathieu où il y a…

CLAIRE — Il faudrait qu'on trouve le moyen de sortir d'ici, de déménager.

86

PIQUETTE — Où et comment ?

CLAIRE — J'aimerais ça pouvoir répondre à ta question. Toi, tu n'as pas une petite idée ?

PIQUETTE — Si j'en avais une, je m'en serais servi depuis longtemps, crois-moi. Je veux bien essayer d'avoir confiance en la vie mais je ne suis pas fou. Ce serait changer un malheur pour quatre misères. Les deux petits maudits doivent être toujours là à m'attendre dans cette garce de ruelle Mathieu. Ça nous donnerait quoi de partager leur bouteille de poison ? Tu nous vois patauger dans les fonds de poubelles le restant de notre vie ? Je ne suis plus seul maintenant, tu es avec moi.

CLAIRE — Piquette, je pense avoir une idée. Chose certaine, on a besoin d'aide. Tu te souviens, tout à l'heure, tu parlais à…

PIQUETTE — À qui ? Tu es la seule personne à qui je parle depuis que je suis né.

CLAIRE — Mais non ! Essaie de te souvenir.

PIQUETTE — Je ne vois pas de qui tu veux parler.

CLAIRE — Tu t'engueulais avec… Force-toi, Piquette !

PIQUETTE — Tu veux parler du faiseur d'histoires ?

CLAIRE — Oui, c'est lui. Il pourrait peut-être nous aider, ce monsieur-là ?

PIQUETTE — On ne s'est pas quittés en très bons termes. Je pense que je l'ai insulté un peu. Et puis, ça fait un bon moment qu'il ne s'est pas pointé le nez.

CLAIRE — N'empêche qu'il est la seule personne qui pourrait nous aider.

PIQUETTE — Comment ça ?

CLAIRE — Réfléchis. Il te connaît, il sait mon nom, il travaille dans les histoires et semble connaître la nôtre jusqu'au bout de ses ongles. Quelque chose me dit qu'il n'est pas indifférent à tout ce qui nous arrive. Piquette, c'est lui, l'inventeur de tous nos maux. Il doit bien savoir qu'il n'y a pas que la misère dans la vie, qu'une truite et un chat pourraient être contents d'être heureux. Ça me paraît évident. Piquette, je suis certaine que, s'il le veut, il peut nous sortir de notre maudit hangar, comme tu dis, et nous trouver un petit coin de bonheur.

PIQUETTE — Claire, tu me surprendras toujours.

CLAIRE — Allez, Piquette! On lui demande son aide. Qu'est-ce qu'on risque?

PIQUETTE — Le bonheur!

CLAIRE — Et c'est quoi, notre bonheur?

PIQUETTE — Quelque chose d'impossible.

CLAIRE — Piquette!

PIQUETTE — Excuse-moi, j'ai eu une petite rechute.

CLAIRE — Allez! On lui demande. Tope là. L'avenir est devant nous!

PIQUETTE — On fait ça comment?

CLAIRE — Avec politesse. Commence.

PIQUETTE — Tu es là, le faiseur d'histoires au crayon tordu?

CLAIRE — Mon ami veut dire: monsieur le raconteur à la plume rêveuse.

PIQUETTE — Comme, depuis le début, tu t'es mis le nez dans nos affaires…

CLAIRE — Comme vous êtes responsable de nos vies…

PIQUETTE — Affaires qui riment, plus souvent qu'autrement, avec misère…

CLAIRE — Vies qui, jusqu'ici, nous causent bien des soucis…

PIQUETTE — Pourrais-tu changer ton fusil d'épaule…

CLAIRE — S'il vous prenait l'envie d'aimer que l'on sourie…

PIQUETTE — Et nous sortir d'ici?

CLAIRE — Nous en serions ravis!

PIQUETTE — J'espère qu'il n'a pas les deux oreilles bouchées !

CLAIRE — Le moins que l'on puisse dire, Piquette, c'est que tu as la politesse un peu directe. Allez ! Ensemble… et avec respect !

PIQUETTE ET CLAIRE — S'il vous plaît ! Monsieur le raconteur d'histoires, nous aimerions être heureux, nous aussi !

PIQUETTE — Claire, j'aimerais…

CLAIRE — Non, Piquette, pas de petits bécots… pas tout de suite.

90

PIQUETTE — Tu as raison, il ne faut pas jouer avec le feu. C'était ma façon de nous souhaiter bonne chance.

LE CONTEUR — Comme dirait mon ami de Charlevoix, je viens de me faire empicheter, de me faire avoir. Dans la ruelle Mathieu, il y a deux malins, une truite et un chat, qui crient au secours et *ratourent* pour que je me transforme en ambulance. Je me sens comme un maître architecte qui vient tout juste de recevoir un mandat de changer un hangar en paradis terrestre. Tout de go, je vous avoue que je les aime bien et mon plus cher désir est de les voir heureux. Mais comment y parvenir ? Je sais, je sais. Je vous entends me dire qu'un raconteur d'histoires doit avoir de l'imagination. Permettez-moi de vous répondre que c'est une denrée rare.

La *folle du logis* ne court pas les rues. Bref, si vous étiez dans ma peau, vous auriez un point d'interrogation au beau milieu du front. Que faire pour les sortir du trou ? Je veux dire du hangar. « *That is the question* », voilà la question. Vous vous souvenez, c'est la fameuse phrase de mon célèbre ami qui vivait à Stratford-upon-Avon.

Et si je me servais du cri de ralliement extrême de Piquette ? Allez, on verra bien ce que cela va donner : Glou glou glou, mioum mioum. Gloutonnerie, vroum vroum !

Eurêka ! je pense avoir trouvé la solution ! Je crois qu'il y a, au bout de mon crayon, un dénouement heureux pour nos deux protagonistes. Je ne suis pas un adepte invétéré de la fin heureuse, mais le bonheur a le droit de vivre lui aussi. J'ai le goût, en toute amitié, de faire un marché avec vous. Écoutez-moi bien. Si jamais il vous arrivait de ne pas aimer ma fin heureuse personnelle, de la trouver, par exemple, trop simpliste ou pas assez... comme vous auriez aimé qu'elle fût, vous prenez un crayon, une plume ou un clavier et vous la cuisinez à votre goût. Vous pouvez demander à papa, à maman ou à quelqu'un de votre école de vous aider. Vous avez même le droit de l'inventer en groupe, cette fameuse fin heureuse. Je vous promets de la proposer à Claire et à Piquette. Qui sait ? Peut-être serons-nous un jour les auteurs d'un livre célèbre ? Je vois déjà le titre dans toutes les bonnes librairies : *Les fins heureuses de Claire et Piquette selon...* Comme dirait quelqu'un que je connais, vous venez, à votre tour, de vous faire empicheter.

Et voilà, sans plus tarder, la fin heureuse de Claire et Piquette telle que vue et imaginée par un certain faiseur d'histoires. Vous vous rappelez leurs dernières paroles : « Nous aimerions ça, être heureux, nous aussi ! » Allons-y.

Claire et Piquette sont maintenant blottis l'un contre l'autre. Ils *sont tellement pelotonnés* que Piquette se meurt d'envie de bécoter Claire. Petits bécots d'amitié, il va sans dire. L'un a soif, l'autre a faim, mais un sourire d'espoir s'installe dans leurs yeux. Quel revirement de situation ! Comme il désire se développer, grandir, ce petit sourire d'espoir semé dans leurs yeux ! Il pousse à vue d'œil. Si la foi peut transporter des montagnes, j'imagine qu'un tel sourire peut faire pousser des ailes. J'ai toujours pensé que les rêves, surtout en couleurs, sont faits pour être réalisés. Et ce que je vois sous mes yeux n'est pas pour me faire changer d'idée. Le petit sourire d'espoir grandit tellement à vue d'œil qu'il fait maintenant des pas de géant. Il semble tout envahir sur son passage. On dirait que Pierre, Paul, Mémé Claveau, la ruelle Mathieu au grand complet s'enlisent dans la poussière pendant que Claire et Piquette s'envolent vers un monde — n'ayons pas peur des mots — féerique, onirique. Je crois que ce phénomène s'appelle « la lévitation du bonheur ». Ne dit-on pas que parfois, la réalité dépasse la fiction ? À force de croire en quelque chose, le quelque chose auquel on croit fortement arrive forcément. Voilà.

Chaque particule poussiéreuse du hangar de Mémé Claveau se transforme en joyeuse parcelle de soleil. Le hangar *broche à foin* se fait pépite d'or. Vous vous souvenez de cette vieille malle à vous faire dresser les cheveux sur la tête ? Elle est maintenant grande ouverte et il en sort mille notes toutes souriantes. Comme c'est magique ! On dirait une musique céleste. Le marché aux puces de Mémé Claveau se fait marchand de rêves.

Regardez nos deux amoureux qui s'élèvent, s'envolent, tant et si bien que j'ai de plus en plus de difficulté à les distinguer. Ils se métamorphosent en deux ombres chinoises enlacées et parées d'un gigantesque sourire d'espoir. Saint Château ! comme dirait mon ami Piquette, je les ai perdus de vue. Je vous le jure, j'ai l'impression de patauger dans le rêve. Je suis un vide rempli à ras bord, un silence qui crie à tue-tête. Vraiment, je suis à deux cheveux d'implorer ce fameux monsieur au château brillant de venir éclairer ma lanterne. Mon ami de Charlevoix dirait que le faiseur d'histoires vient de *se faire aganter*.

Attendez !… Dites-moi que je rêve… Chut !… De joyeux clapotis écumant d'aise me chuchotent à l'oreille. Ma parole ! J'entends des voix… non ! une voix, qui chantonne. Comme elle a le fredonnement rempli de joyeuseté, cette voix… que vous et moi connaissons très bien. Heureusement que, dans la vie, il y a des choses qui sont raisonnablement inexplicables, sinon j'irais tout de go me jeter à l'eau. Saint Château, écoutez…

Saint Château que je suis heureux
Sur les rives du lac Joyeux !
À chaque seconde de la journée,
Ma petite truite dorée mouchetée,
Les bras chargés de sucreries,
Vient faire son tour, me visiter.
Saint Château que je suis heureux
Sur les rives du lac Joyeux !
Bien installé dans mon abri,
Sans le plus petit des soucis,
Je puis maintenant l'affirmer :
Ma vie est un vrai conte de fées.
Saint Château que je suis heureux
Sur les rives du lac Joyeux !

CLAIRE — Hou ! Hou !

PIQUETTE — Ah ! te voilà ! Je commençais à m'ennuyer.

CLAIRE — Regarde toutes les belles gâteries que madame Barbotte t'envoie.

PIQUETTE — Claire, est-ce que je peux avoir un petit baiser ? On mangera plus tard.

CLAIRE — Mille, si tu veux, chat glouton.

PIQUETTE — Claire, tu es ma plus belle gourmandise. Approche.

CLAIRE — Piquette, la vie n'est pas un baiser à perpétuité.

PIQUETTE — C'est dommage! Je blague. Approche, j'ai un secret à te dire. Est-ce que tu penses qu'on devrait, miaouche, miaouche, miaouche, au faiseur…

CLAIRE — Tu as raison. Comment ai-je pu l'oublier?

PIQUETTE — Allez, ensemble…

CLAIRE ET PIQUETTE — Monsieur le raconteur d'histoires, vous avez, il faut se rendre à l'évidence, un certain talent. Non! Pardonnez-nous, vous avez un talent certain. Merci. Nous sommes tellement heureux que nous vous prions de ranger votre plume!

Glossaire

AVOIR LA BERLUE : avoir des visions.

AVOIR L'ALLURE BROCHE À FOIN : avoir l'air désordonné.

AVOIR UNE BOURRÉE DE CAROTTES : crise de colère.

BARDASSER DANS LE CIBOULOT : réfléchir profondément.

BRANLER DANS LE MANCHE : être incertain, douter.

C'EST PARTI MON KIKI : et ça continue.

CHAFOUIN : sournois, hypocrite.

COCOLOGIE : jugement.

COGNER DES CLOUS : somnoler.

CORNÉLIEN : Relatif à Pierre Corneille, un des grands auteurs dramatiques français.

CRAQUEPOTTE : timbré, fou.

CROQUER LE MARMOT : attendre.

DANSER LA BASTRINGUE : danser au son d'un orchestre populaire et bruyant.

DELIRIUM TREMENS : délire aigu accompagné d'agitation et de tremblements.

DÉPELETONNER : déraisonner.

ÊTRE DÉBISCAILLÉ : être bouleversé.

ÊTRE PELOTONNÉ : être serré l'un contre l'autre.

Faire de la capine : être imbécile, idiot.

Faire de la maboulogie : dire des bêtises.

Finfinaud : rusé.

Finfinauder : jouer les finfinauds, user de ruse.

Folle du logis : imagination.

Kiouk : vaurien.

Méné : petit poisson.

Ne pas avoir inventé les boutons à quatre trous : être peu éveillé.

Ne pas avoir inventé le ketchup : être idiot.

Prendre par le chignon du cou : attraper quelqu'un.

Ratourer : manigancer.

Sac à chicane : querelleur.

Saint-Glin-Glin des Meus-Meus : coin perdu.

Se boulonner : se compliquer.

Se débattre comme un diable dans l'eau bénite : ne pas savoir où donner de la tête.

Se faire aganter : se faire avoir.

Se faire emmichouenner : se faire avoir.

Sophisme : raisonnement faux.

Tarabuster : préoccuper, malmener.

Turlupiner : préoccuper.

Zigoto : individu bizarre.

L'impression de cet ouvrage a permis
de sauvegarder l'équivalent de 6 arbres.

Recyclé
Contribue à l'utilisation responsable
des ressources forestières
www.fsc.org Cert no. SGS-COC-003153
© 1996 Forest Stewardship Council

FSC

Marquis imprimeur inc.

Québec, Canada
2009

Imprimé sur du papier Silva Enviro 100% postconsommation
traité sans chlore, accrédité Éco-Logo et fait à partir de biogaz.

certifié   procédé   100 % post-   archives   énergie
        sans   consommation   permanentes   biogaz
        chlore